Mes petites énigmes

Du CE1 au CE2
7-8 ans

JEUX ET ÉNIGMES

Auteurs
Michèle Lecreux
avec
Éric Berger
Pascal Guichard
Clémence Roux de Luze

Illustrateur
Pierre Ouin

hachette
ÉDUCATION

Dans ce petit livre, plus de 80 enquêtes et énigmes t'attendent pour mettre ton cerveau au défi.

Pas besoin d'être le meilleur en maths ou incollable en français, il te suffira d'ouvrir l'œil et de ne laisser passer aucun indice pour prouver que tu es un as de la logique !

Et maintenant, à toi d'affronter les enquêtes policières, les énigmes logiques, les rébus, les charades et les grilles pour t'initier aux mystères du futoshiki ou de la bataille navale.

Si tu es prêt pour l'aventure, tourne la page et bienvenue au pays des énigmes !

Conception de la maquette : Karine Nayé
Conception et réalisation de la couverture : Hung Ho Thanh
Illustrations de couverture : Coralie Vallageas
Illustrations des pages 21, 37, 57, 59, 69, 77 : Jonathan Jacovetti
Mise en pages : Pascal Guichard

I.S.B.N. : 978-2-01-714803-6
www.parascolaire.hachette-education.com

Achevé d'imprimer en Mars 2022 en Roumanie par Rotolito Romania
Dépôt légal : Avril 2022 - Édition nº 01 - 15/2255/3

Sommaire

Enquêtes policières

Énigmes et quiz

Énigmes logiques

Énigmes mathématiques

Énigmes géométriques

Énigmes visuelles

Les oranges

Combien pèse une orange ?  = 100g

Deux-roues

Deux cyclistes enfourchent leur vélo à 11 heures et roulent pendant trois heures.

Quelle heure est-il quand ils s'arrêtent ?

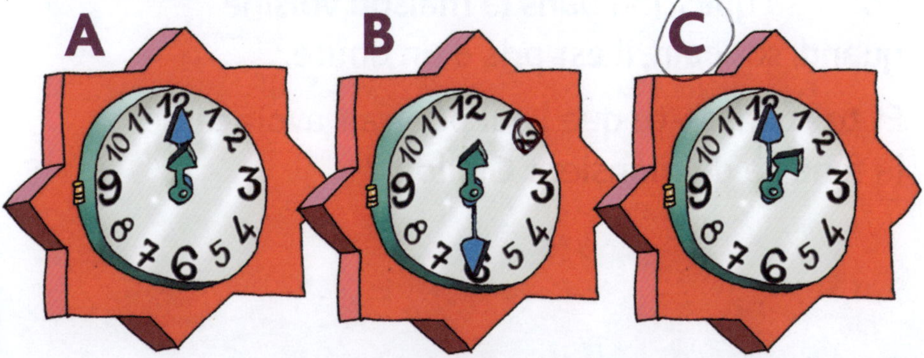

La fenêtre cassée

Houlà ! Monsieur Guillon n'est pas content. Un ballon a brisé la vitre de l'une de ses fenêtres puis a rebondi dans son salon en faisant très peur à son chat. Monsieur Guillon veut absolument savoir qui est responsable de cet incident.

Alors, il montre le ballon à tous les voisins pour savoir si quelqu'un sait à qui il appartient.

Le voilà qui arrive chez Paul avec le ballon à la main. Il le montre et demande aux parents du garçon si leur fils en possède un semblable. La maman de Paul répond qu'elle ne sait pas et Paul est soulagé.

Monsieur Guillon est prêt à s'en aller pour aller poser sa question dans la maison voisine quand, soudain, il est pris d'un doute.

Et toi, penses-tu que Paul pourrait avoir cassé la fenêtre de monsieur Guillon ?

FARINE
SEL

Le partage

Trace trois lignes pour séparer ces robots en quatre groupes contenant chacun : un robot-chien, un robot à deux roues, un robot à une roue, un robot deux bras et un robot à trois pieds.

Bateaux à voiles

Jeanne, Gaspard, Eugénie et Mila vont à l'école de voile. Peux-tu reconnaître le bateau de chacun si tu sais que le bateau de Jeanne a un drapeau bleu, que le bateau de Gaspard a une voile avec deux chiffres dessinés dessus, que Mila a un bateau avec une coque jaune et que le bateau d'Eugénie n'a pas de drapeau jaune ?

Futoshiki

Remplis cette grille pour que tous les chiffres de 1 à 4 soient inscrits une seule fois sur chaque ligne et chaque colonne.

4		3		2		1
3		1		4		2
2		4		1		3
		∨		∧		
1		2	<	3	<	4

Pour t'aider, les signes < (plus petit que) et > (plus grand que) te renseignent sur les deux chiffres contenus dans les deux cases voisines.

Rébus

Dis à haute voix ce que tu vois écrit ou dessiné ici pour décoder ce rébus.

Les extraterrestres

Bravo ! Tu as presque fini ce puzzle.
Il ne te reste plus que trois pièces à placer.
Parmi les quatre qui sont disponibles,
laquelle ne servira pas ?

La grasse matinée

Un hold-up a eu lieu et un voleur s'est enfui en emportant des dossiers et une grosse somme d'argent.

Bien sûr, les policiers ont été appelés et sont arrivés le plus rapidement possible. Un témoin leur dit qu'il a vu le voleur s'enfuir et entrer dans un bâtiment du coin de la rue.

Les policiers se rendent sur place et frappent à toutes les portes. Mais, il est 10 heures du matin, les habitants sont partis travailler et tous les appartements sont vides.

Tous ? Non ! Au deuxième étage, quelqu'un répond, ouvre sa porte et déclare en s'étirant :

« Eh bien ! C'est quoi tout ce vacarme dans l'escalier ? Je faisais la grasse matinée et vous venez de me réveiller. »

Les policiers ne sont pas convaincus et ils pensent que ce jeune homme fait semblant d'être encore à moitié endormi. Et toi, qu'en penses-tu ?

Fruitomaths

Trouve la valeur de chaque fruit pour que ces opérations soient justes.

Pour t'aider, un des nombres est déjà décodé.

Au parc

Sept éléments rendent cette scène étrange. Les vois-tu ?

Alerte au monstre

Un monstre terrible menace le héros du film.

Pour le découvrir colorie en marron toutes les cases vides, en bleu toutes les cases qui ont 1 point, en jaune celles qui ont 2 points, en rouge celles qui ont 3 points et en vert celles qui ont 4 points.

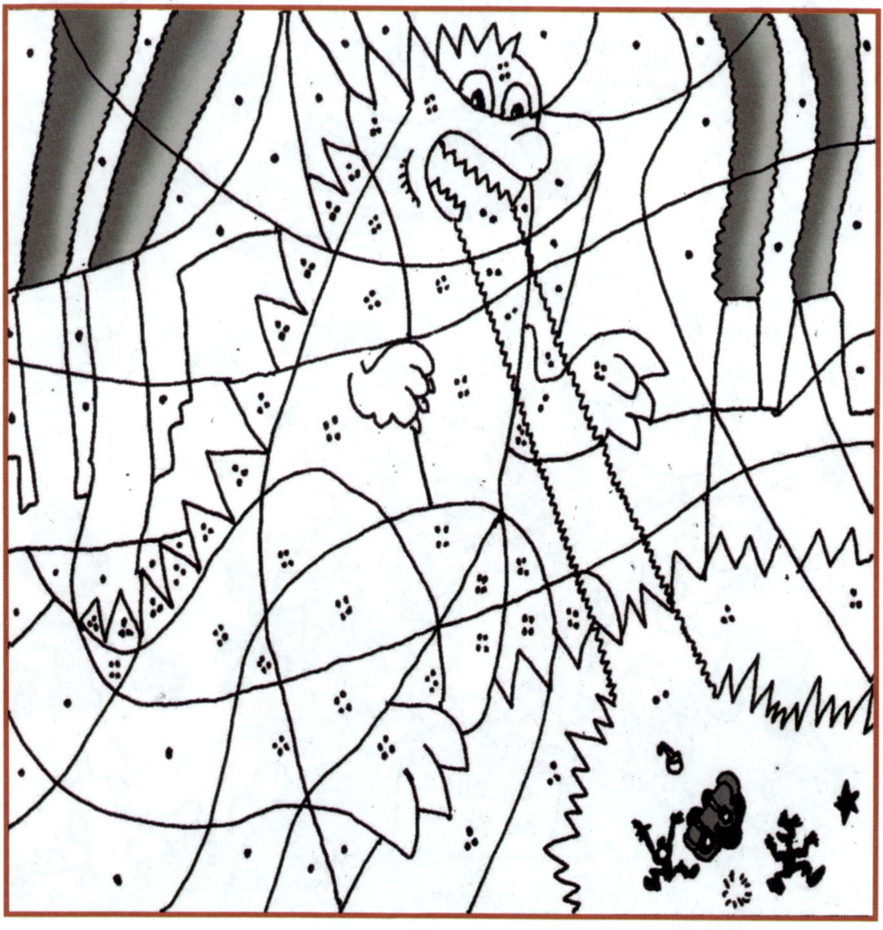

La cloche a sonné

C'est la fin de l'année scolaire pour l'école parisienne Deschamps. Tous les élèves ont leurs prochaines vacances en tête. Trouve où chacun doit partir grâce à ces renseignements :

- Noémie va près de l'Espagne.
- Victor, Johann et Christian vont au bord de la mer.
- Chloé part en vacances à la montagne.
- Christian fait le voyage le plus court.
- Johann ne va pas à Marseille.

Les cubes

Parmi ces cinq cubes, lequel a été fabriqué en pliant cette forme ?

A

B

C

D

E

Au stade

Aide Paul à rejoindre le stade. À chaque carrefour, quand tu rencontres une question, choisis la bonne réponse et tu seras sur le bon chemin.

C'est pas moi !

Maman regarde par la fenêtre
puis s'écrie :
« Lequel de vous a piétiné mes fleurs ? »

Jules et Léa baissent le nez car maman leur avait dit, la dernière fois qu'ils avaient fait une bêtise, qu'ils seraient privés de jeux vidéo pendant toute une semaine !

Maman a passé toute la matinée dehors, à planter de jolies fleurs et n'a arrêté de jardiner que quand la pluie a commencé à tomber. Depuis, elle travaille sur son ordinateur.

Jules proteste : « Ce n'est pas moi, maman. Je ne suis pas sorti aujourd'hui. »

Léa, elle, essaie de s'expliquer : « Je suis rentrée à la maison avant la pluie et j'ai fait bien attention de marcher sur l'allée pour ne pas salir mes chaussures. »

Maman ne sait plus quoi penser, mais toi, peux-tu dire qui est le coupable ?

Touché ! Coulé !

Cette grille représente un port où sont placés six bateaux. Trouve l'emplacement de chaque bateau en t'aidant des chiffres inscrits autour de la grille ; ils t'indiquent combien de cases tu dois colorier sur la ligne ou la colonne correspondante. Les bateaux ne se touchent jamais, même pas par un coin, et il y a toujours des cases vides entre eux.

Pour commencer : complète le paquebot de la quatrième colonne puis remplis la dernière colonne et la dernière ligne.

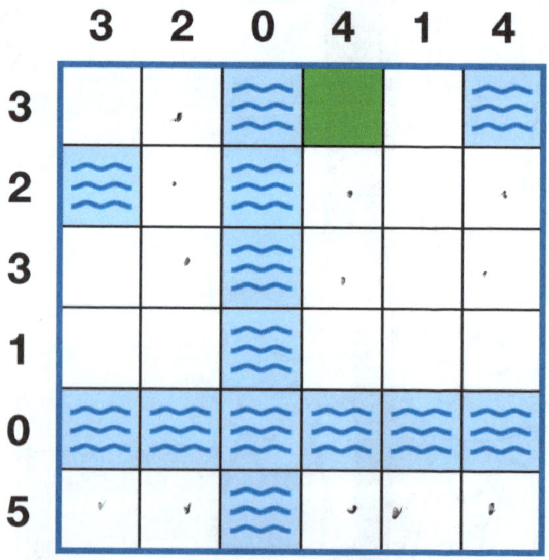

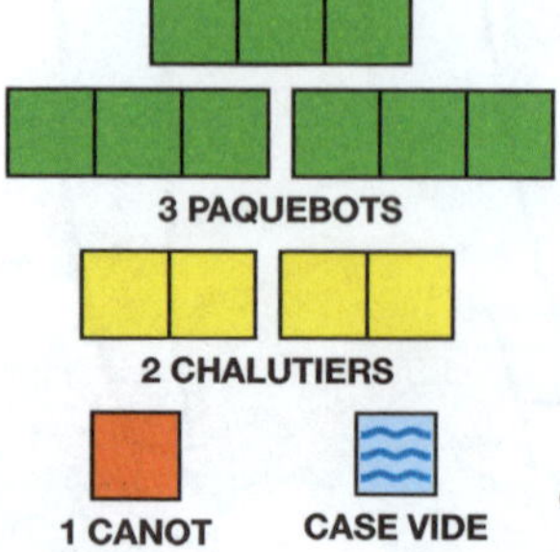

Les deux trains

Deux trains partent exactement au même moment de deux gares distantes de 100 km. Quand ils se croisent, une heure plus tard, le premier train a parcouru 60 km et le second 40 km.

À quelle vitesse roulent ces deux trains ?

Suite logique

Quelle forme géométrique dois-tu ajouter pour que cette suite soit logique ?

Naturellement

Trouve les bonnes réponses aux questions, puis note les lettres correspondantes dans les cases et tu liras le nom d'un animal sauvage.

1. Comment s'appelle la femelle du cheval ?

N – La jumelle.

O – La jument.

P – L'ânesse.

2. Que fait le pigeon ?

U – Il roucoule.

V – Il chantonne.

W – Il piaille.

3. Avec quelle partie de son corps l'abeille pique-t-elle ?

R – Le dard.

S – Les ailes.

T – Les pattes.

4. Que mange la vache ?

R – Des insectes.

S – De l'herbe.

T – Des carottes.

O	U	R	S

Chez mamie

Bastien habite en ville mais lui, ce qu'il aimerait, ce serait de vivre dans la même maison que sa mamie. Pour savoir à quoi elle ressemble, pars du point noir en A5 puis suis les consignes.

Pars du point noir en A5 puis suis le toit de l'immeuble jusqu'en D8, descends en G8 et suis le trottoir jusqu'en G2. Remonte jusqu'au toit de la maison bleue en D2, tourne pour aller en C3 et monte le long du mur jusqu'en A3, va en A4 et redescends en B4 puis rejoins ton point de départ.

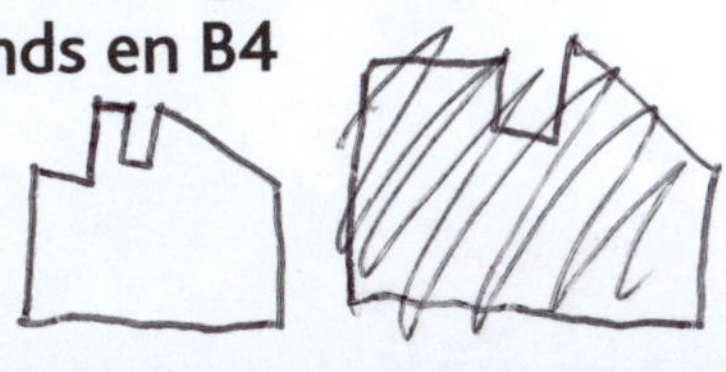

Télé party

Lorsqu'ils sont rentrés du cinéma, hier soir, Thierry et Lorraine, les parents de Yann, Célia et Léo, ont eu une frayeur. La lumière de leur chambre venait de s'éteindre. Un voleur était-il en train de sévir dans leur appartement ? Arrivés chez eux, ils se rendirent vite compte qu'il était inutile de s'inquiéter. La télévision dans leur chambre était encore chaude et une pantoufle traînait sous le lit : un des trois enfants avait dû veiller un peu tard…

Au petit déjeuner le lendemain, Thierry demande à chacun des enfants ce qu'il a fait hier soir.
« Nous, on s'est couchés à 20 heures, papa », répondent en chœur les garçons.
« Et moi, j'ai lu dans mon lit et j'ai éteint vers 21 heures », annonce Célia.

Les parents sourient car ils ont trouvé le menteur. Et toi ?

GLOL
LAIT FRAIS
SPRIL BROL

Fruitomaths

Trouve la valeur de chaque fruit pour que ces opérations soient justes.

Pour t'aider, un des nombres est déjà décodé.

Grand prix

Quatre voitures ont fait la course. Peux-tu dire dans quel ordre elles franchissent la ligne d'arrivée si tu sais que la voiture jaune n'est pas arrivée la première, que la bleue est arrivée en dernier, que la première porte un numéro pair et que la voiture marron est arrivée après la jaune ?

3 4 1 2

Futoshiki

Remplis cette grille pour que tous les chiffres de 1 à 4 soient inscrits une seule fois sur chaque ligne et chaque colonne.

3		4	>	2		1
		v				
1		2		4		3
						v
4		1	<	3		2
2		3		1		4

Pour t'aider, les signes < (plus petit que) et > (plus grand que) te renseignent sur les deux chiffres contenus dans les deux cases voisines.

Rébus

Dis à haute voix ce que tu vois écrit ou dessiné ici pour décoder ce rébus.

À la campagne

Bravo ! Tu as presque fini ce puzzle.
Il ne te reste plus que trois pièces à placer.
Parmi les quatre qui sont disponibles,
laquelle ne servira pas ?

L'escalier

Comment dois-tu placer ces quatre pièces pour fabriquer le grand escalier ?

Zoologie

Aide ce photographe à trouver son chemin. À chaque carrefour, quand tu rencontres une question, choisis la bonne réponse et tu seras sur le bon chemin.

Le cambrioleur masqué

Un cambriolage a eu lieu dans la bijouterie de la rue Mercier. Le commissaire Clever est arrivé sur les lieux de mauvaise humeur car il n'a pas eu le temps de boire son café. Il interroge le vendeur présent lors du vol.

« J'ai eu très peur, le voleur m'a menacé avec une matraque. Je n'ai rien pu voir car il portait une cagoule noire. En plus, il a cassé mes lunettes et je vois très mal sans », explique le vendeur du magasin.

« Ah bon ! Alors si vous ne l'avez pas vu, avez-vous reconnu quelque chose de particulier dans sa voix », demande l'inspecteur.

« Euh... Non, rien, il m'a juste demandé d'ouvrir les vitrines », continue le vendeur.

Le commissaire a des doutes.
Et toi, as-tu une idée de l'identité du voleur ?

FLASH!
POLICE SCIENT
FIQUE
VOL-AIR
?
BIJOUTERIE
LASH!
POLICE SCIENT! FIQUE

Les crayons

Rassemble tes crayons de couleur, dépose-les en suivant les modèles puis réponds aux questions.

Déplace deux crayons pour que l'olive ne soit plus dans le verre.

Déplace un seul crayon pour que le chien regarde à droite.

Chez les pharaons

Cinq éléments n'ont rien à faire dans cette scène de l'Égypte antique. Les vois-tu ?

Les voleuses

Mistigri le chat s'étonne de voir deux petites souris sur la table de la cuisine. « Qu'ont-elles volé ?», se demande le chat. Pour le découvrir colorie en bleu toutes les cases qui contiennent 1 point, en jaune celles qui ont 2 points, en rouge celles qui ont 3 points et en orange celles qui ont 4 points.

Les chats

Combien pèse chaque chat ?

= ....

Le goûter

Toutes les boîtes de cakes contiennent 6 petits gâteaux et tous les paquets d'eau contiennent 3 bouteilles.

Combien faut-il de paquets d'eau pour avoir autant de bouteilles qu'il y a de gâteaux dans 3 boîtes ?

6 paquets

A 2 paquets

B 4 paquets

C 6 paquets

Au voleur !

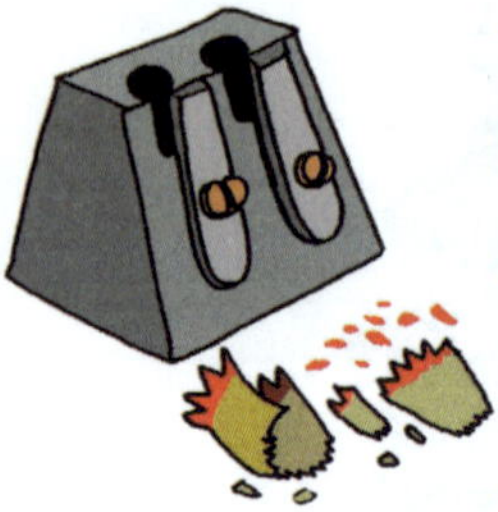

Théo est très ennuyé : pendant la récréation, quelqu'un lui a volé son taille-crayon tout neuf !

Il a d'abord pensé que l'un de ses copains le lui avait emprunté mais ils lui ont tous promis que ce n'était pas vrai.

Jeanne a déclaré : « J'ai déjà un taille-crayon rose et un autre en forme de papillon. Le tien est en métal, et je ne le trouve pas très beau. »

Léo s'est fâché : « Pourquoi veux-tu que je te prenne tes affaires ? J'ai déjà un taille-crayon et d'ailleurs, tu le connais, c'est le même que le tien ! »

Ryan a haussé les épaules :
« Moi, j'ai deux taille-crayons dans ma trousse. Dis-moi pourquoi j'en voudrais un troisième ?

Regarde bien l'image de la page voisine et essaie de retrouver le taille-crayon de Théo puis de comprendre qui est le voleur et comment il a agi.

LA FRANCE

Touché ! Coulé !

Cette grille représente un port où sont placés six bateaux. Trouve l'emplacement de chaque bateau en t'aidant des chiffres inscrits autour de la grille ; ils t'indiquent combien de cases tu dois colorier sur la ligne ou la colonne correspondante.
Les bateaux ne se touchent jamais, même pas par un coin, et il y a toujours des cases vides entre eux.

Pour commencer : colorie en bleu les deux colonnes marquées 0 puisqu'elles doivent rester vides puis complète le paquebot vert.

	4	1	4	0	0	5
4						
1						
3						
2						
2						
2						

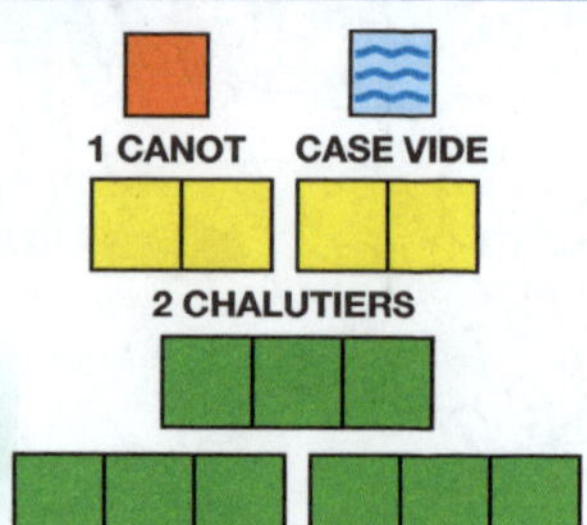

Concours de patinage

Un grand concours de patinage est organisé. Peux-tu dire à quel pays appartient chaque patineur si tu sais que le Français a un pantalon noir, que l'Anglais ne se tient pas sur une seule jambe, que l'Américain a une jambe levée et que l'Espagnol est le plus petit ?

Charades

Mon premier est une note de musique.
Mon deuxième est la maman de Bambi.
Mon troisième est plus grosse qu'une poule.
Mon tout est un jeu que tu trouves dans ce livre.

Mon premier poursuit les souris.
Mon deuxième est plus gros qu'une souris.
Mon troisième est la moitié de quatre.
Mon tout est un jeu que tu trouves dans ce livre.

Mon premier est un cube qui sert à jouer.
Mon deuxième vaut trois plus deux.
Mon troisième est comme un steak facile à manger.
Mon tout est un jeu que tu trouves dans ce livre.

Mon premier est un jouet qu'on doit faire tomber.
Mon deuxième entoure les champs.
Mon troisième est un pronom relatif.
Mon tout est un jeu que tu trouves dans ce livre.

Tour de magie

Si tu es aussi fort qu'un magicien, trouve la carte mystère qui n'est ni un roi, ni un carreau, ni un pique et qui vaut moins qu'une dame.

Suite logique

Quelle fleur dois-tu ajouter pour que cette suite de dessins soit logique ?

Géométriquement

Trouve les bonnes réponses aux questions, puis note les lettres correspondantes dans les cases et tu liras le nom d'une forme.

1. Combien de sommets possède un triangle ?

Q – 2.
R – 3.
S – 4.

2. Qu'utilise-t-on pour tracer un angle droit ?

O – Une équerre.
P – Un compas.
R – Une règle.

3. Si ton école est à 1 km de ta maison, combien de mètres dois-tu faire pour t'y rendre ?

M – 500 mètres.
N – 1 000 mètres.
O – 100 mètres.

4. Deux droites parallèles sont des droites qui :

C – Se coupent en angle droit.
D – Ne se coupent jamais.
E – Se coupent en un point précis.

R	O	N	D

Le Petit Poucet

Le Petit Poucet a caché dans la forêt un objet appartenant à l'ogre. Pour savoir ce dont il s'agit, pars du point noir en B4 et suis les consignes.

Pars du point noir en B4 et descends en biais en D5. Rejoins la case E8, descends en F8 et tourne horizontalement sur la gauche pour aller en F4. Monte directement en E3, descends en F3, rejoins la case F2. Remonte jusqu'en B2 et rejoins ton point de départ.

Le code secret

Steven est bloqué. Il n'arrive pas à passer au niveau supérieur dans son jeu vidéo. Il a tout essayé mais l'énigme devant laquelle il se trouve lui résiste.

Il sait qu'il doit cliquer sur l'un des symboles affichés sur son écran mais il ne voit pas le rapport avec la question qui lui est posée.

« Prends ta calculette, calcule la somme de 7 000 + 50 + 80 et pense que, parfois, pour trouver la bonne réponse, il suffit de retourner le problème… »

Steven se demande bien ce que signifie la mystérieuse formule « retourner le problème » si bien que, découragé, il a décidé d'abandonner et il a reposé la calculette sur sa table.

C'est dommage Steven, tu étais tout près de trouver la solution !

Mais toi qui es malin, peux-tu aider Steven à passer au niveau supérieur de son jeu vidéo ?

JEUKITU !
7130

Le grillage

Le jardin de mon oncle a une forme compliquée.
Mon oncle veut l'entourer de grillage
et, pour cela, il a dessiné un plan.

Aide-le à trouver la longueur de grillage dont il a besoin.

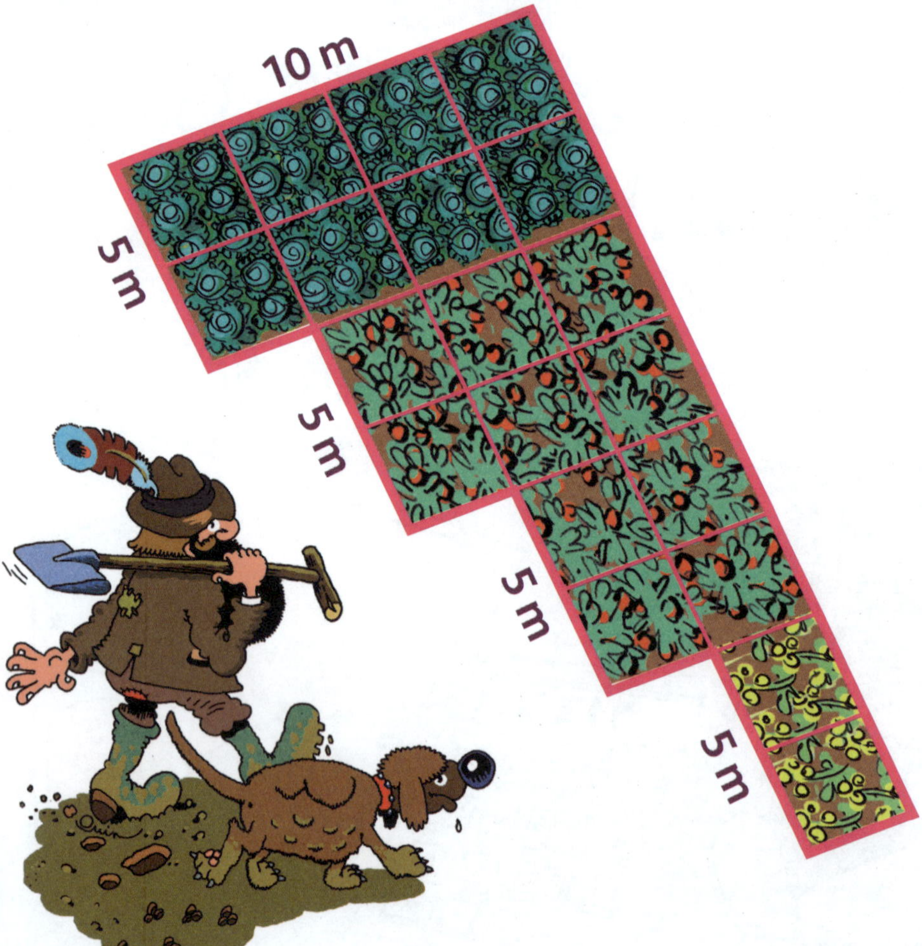

Décollage immédiat

Aide Matéo à trouver son chemin. À chaque carrefour, quand tu rencontres une question, choisis la bonne réponse et tu seras sur le bon chemin.

Futoshiki

Remplis cette grille pour que tous les chiffres de 1 à 4 soient inscrits une seule fois sur chaque ligne et chaque colonne.

2			< 3
	1		
3		4	
	∧	2	4

Pour t'aider, les signes < (plus petit que) et > (plus grand que) te renseignent sur les deux chiffres contenus dans les deux cases voisines.

Rébus

Dis à haute voix ce que tu vois écrit ou dessiné ici pour décoder ce rébus.

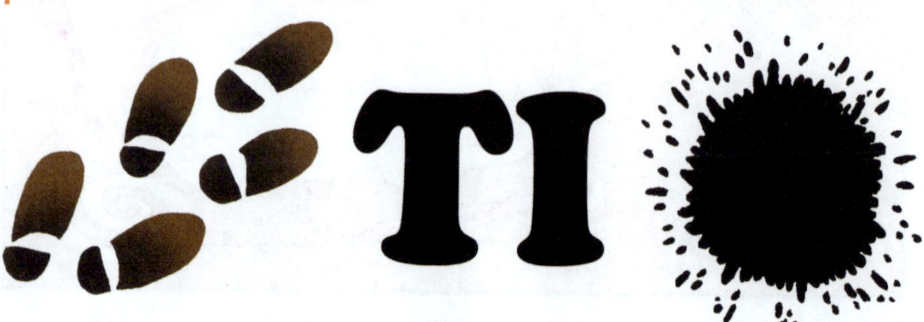

Au parc

Bravo ! Tu as presque fini ce puzzle. Il ne te reste plus que trois pièces à placer. Parmi les quatre qui sont disponibles, laquelle ne servira pas ?

La chambre d'Alexandre

Alexandre a dix-huit ans et s'il y a une chose qu'il n'aime pas c'est qu'on entre dans sa chambre quand il n'est pas là... Oh non, il n'aime pas ça du tout !

Mais ses deux sœurs Manon et Maéva adorent y venir en cachette pour espionner leur grand frère. Elles espèrent y trouver la photo de la copine d'Alexandre que personne n'a encore vue dans la famille.

En rentrant de son cours de judo, ce soir, Alexandre est sûr que l'une des jumelles est venue dans sa chambre.
Les deux filles disent que ce n'est pas vrai.
Pourtant le garçon est sûr d'avoir raison.

Manon et Maéva sont déjà en train d'appeler leur mère en pleurnichant quand Alexandre trouve enfin la preuve qu'il cherchait.

Et toi, vois-tu, dans la chambre de leur grand frère, un indice qui accuse l'une des filles ?

table!
CLUSH
Mag

Les cubes

Combien pèse un cube ? = 100g

Le nombre mystérieux

Quel est le nombre mystérieux qui a été remplacé par un point d'interrogation dans ces opérations ?

? + ? + ? + 12 = 120

? + ? + ? + 102 = 210

La patinoire

Cinq visiteurs inattendus se trouvent dans cette patinoire. Les vois-tu ?

Les Martiens

Sur cette planète lointaine, deux jeunes extraterrestres s'amusent à leur jeu préféré.

Pour le découvrir colorie en bleu toutes les cases qui ont 1 point, en jaune celles qui ont 2 points, en rouge celles qui ont 3 points et en marron celles qui ont 4 points.

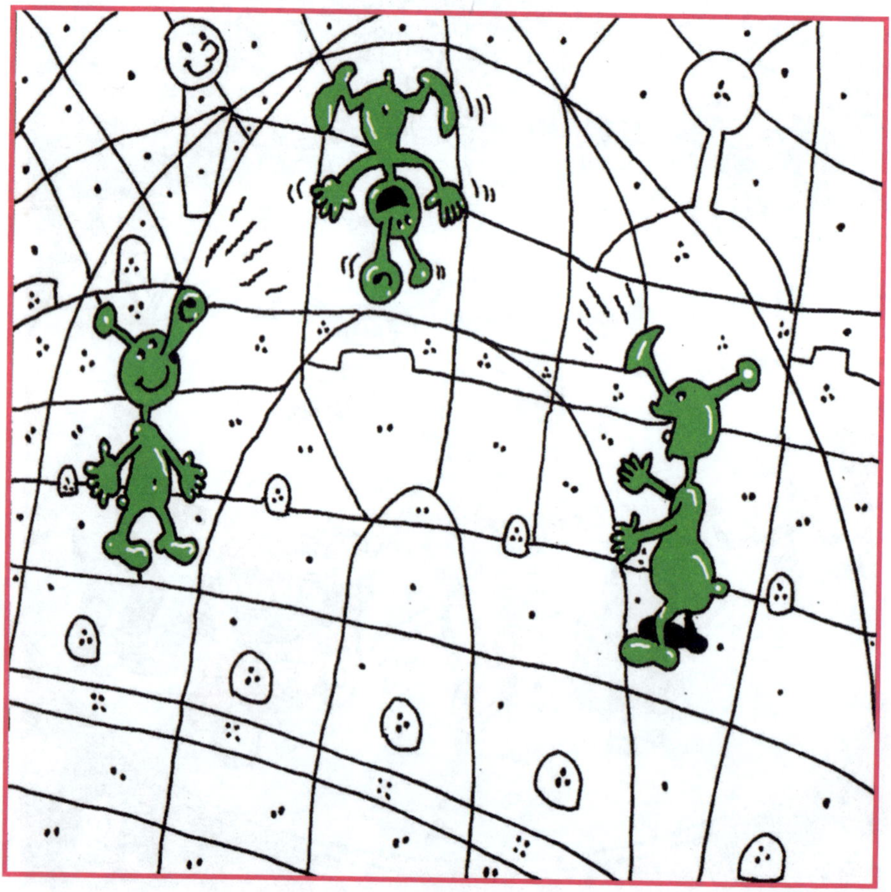

Au marché

Arthur, Ana, Léa, Emma et Ève sont allés au marché. Ils ont chacun rapporté leurs fruits préférés. Trouve le prénom de chacun des enfants grâce à ces indices :

– Emma a acheté le plus de fruits.
– Arthur a acheté un fruit de plus qu'Ana.
– Ève a moins de fruits qu'Ana.
– Léa a un fruit de plus qu'Ana.

Touché ! Coulé !

Cette grille représente un port où sont placés six bateaux. Trouve l'emplacement de chaque bateau en t'aidant des chiffres inscrits autour de la grille ; ils t'indiquent combien de cases tu dois colorier sur la ligne ou la colonne correspondante.
Les bateaux ne se touchent jamais, même pas par un coin, et il y a toujours des cases vides entre eux.

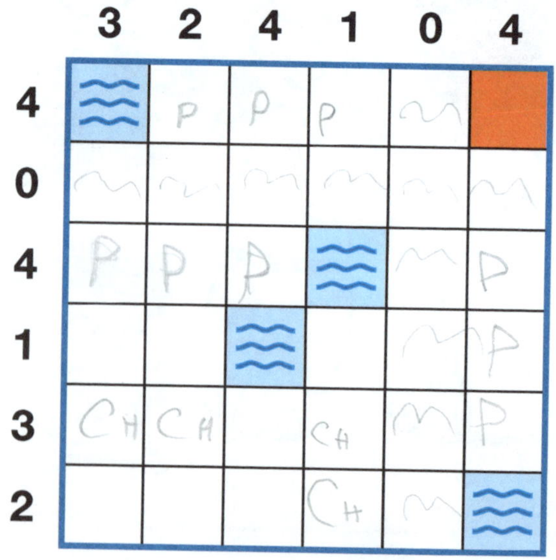

Pour commencer : colorie en bleu la ligne et la colonne marquées 0 puis complète la dernière colonne.

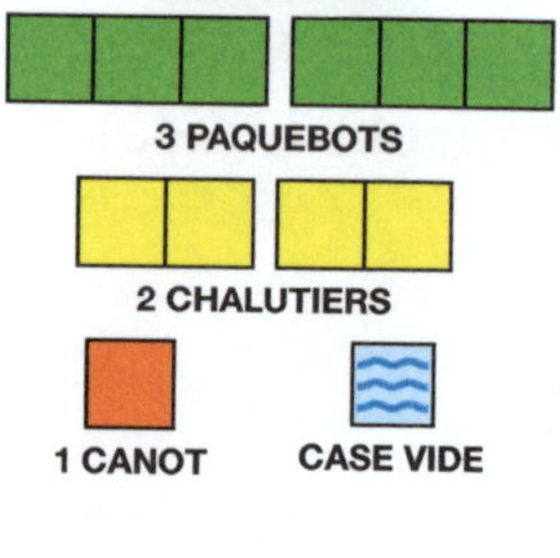

Jeu de construction

Avec les grandes briques du jeu de construction de son petit frère, Mathis a construit ce mur qui mesure 40 cm de haut sur 50 cm de long.

Toutes les briques du jeu de construction sont identiques, peux-tu dire quelles sont leurs dimensions ?

Le jeu de l'espion

Sept copains jouent à un jeu très amusant. L'un d'eux est désigné comme espion et, pour gagner, il doit réussir à faire sortir de la pièce un document secret. Parmi les autres joueurs, il y a un complice qui doit aider l'espion dans sa tâche sans se faire reconnaître par les autres joueurs.

Mathis et Matéo ont décidé de faire équipe pour démasquer l'espion et son complice. Et, pour être sûr de repérer le document secret, ils ont photographié le joueur espion avec leur téléphone.

Maintenant, en regardant la photo et en examinant les autres joueurs, ils devraient pouvoir reconnaître le complice et lui reprendre le document secret.

Et toi, regarde bien la photo qui a été prise il y a quelques minutes, compare-la avec la situation actuelle et trouve qui est l'espion et qui est le complice.

Quin

Fruitomaths

Trouve la valeur de chaque fruit pour que ces opérations soient justes.

Pour t'aider, un des nombres est déjà décodé.

Conte de fées

Aide Lucile à trouver son chemin. À chaque carrefour, quand tu rencontres une question, choisis la bonne réponse et tu seras sur le bon chemin.

Les cadeaux

Mamie a préparé six cadeaux qu'elle veut distribuer à ses trois petits-enfants. Sur chaque cadeau, tu vois l'étiquette avec le prix que mamie n'a pas encore retirée. Elle veut offrir à chaque enfant deux cadeaux d'une valeur totale de 10 euros. Comment va-t-elle s'y prendre ?

Suite logique

Quel mois dois-tu ajouter pour que ce calendrier soit logique ?

Bricolage

Le papa de Julien est bien décidé à réparer la barrière en bois. Il a juste oublié un outil très utile pour bricoler. Pour savoir lequel, pars du point noir en B6 et suis les consignes.

Pars de B6 et va jusqu'en B7. Descends ensuite en C7 et rejoins diagonalement la case D8. Descends en G8 et tourne à gauche jusqu'en G6. Remonte en E6. Rejoins horizontalement la case E1 et monte en D1. Repars jusqu'en D6 et rejoins ton point de départ.

Chasse au trésor

Ce matin, le capitaine Frégate est bien décidé à enfin trouver son trésor. Cela fait des années qu'il le cherche. Il a repéré une nouvelle île sur sa carte et veut aller l'explorer.

Arrivés sur l'île, les trois pirates et Frégate partent chacun dans une direction. Le soir, ils se retrouvent encore bredouilles.

« Je n'ai rien trouvé, pas l'ombre d'une pièce d'or, dit Bras-cassé.

– Moi non plus, pas une trace de bijoux et ce n'est pas faute d'avoir creusé, raconte Main-crochue.

– Moi aussi, j'ai fait des kilomètres pour rien, annonce Jambe-de-bois. »

Ils se retournent vers leur capitaine qui a l'air déçu : « Je n'ai rien non plus, le trésor est ailleurs », soupire Frégate.

Pourtant Bras-cassé a des doutes. Et toi, qu'en penses-tu ?

Professionnellement

Trouve les bonnes réponses aux questions, puis note les lettres correspondantes dans les cases et tu liras le nom d'un moyen de transport.

1. Pour faire réparer ta chaussure, tu vas chez le :

U – Boucher.
V – Cordonnier.
W – Ferronnier.

2. Avec quoi ne peux-tu pas rouler sur une piste cyclable ?

D – Des patins à roulettes.
E – Une moto.
F – Une bicyclette.

3. Si ton chien vomit, tu l'emmènes chez le :

J – Fermier.
K – Dentiste.
L – Vétérinaire.

4. Si tu as les cheveux marron, tu es :

O – Brun.
P – Blond.
Q – Roux.

V	E	L	O

Préhistoire

Dino junior joue au milieu de sa famille.
Peux-tu en reconnaître chaque membre si tu sais que la maman de Dino est à ses côtés, que son grand frère ne mange pas, que son père n'est pas le plus grand et que son cousin est en train de boire ?

Futoshiki

Remplis cette grille pour que tous les chiffres de 1 à 4 soient inscrits une seule fois sur chaque ligne et chaque colonne.

2						4
				4		
		^				
						2
						^
1			>	2		

Pour t'aider, les signes < (plus petit que) et > (plus grand que) te renseignent sur les deux chiffres contenus dans les deux cases voisines.

Rébus

Dis à haute voix ce que tu vois écrit ou dessiné ici pour décoder ce rébus.

Le dinosaure

Bravo ! Tu as presque fini ce puzzle.
Il ne te reste plus que trois pièces à placer.
Parmi les quatre qui sont disponibles,
laquelle ne servira pas ?

Les sacs

Combien pèse chaque sac ?  = ...

Les bonbons

14 bonbons sont répartis dans deux sachets. Le sac de bonbons à la menthe contient 2 bonbons de plus que le sac de bonbons à la fraise. Quel groupe est-ce ?

Le fantôme

Le petit fantôme a bien du mal à se débarrasser de sa chaîne. Pour savoir qui il voudrait rejoindre, pars du point noir et suis les consignes.

Pars du point noir en A3 et passe au-dessus de la tour jusqu'en A6. Descends diagonalement jusqu'en G7. Remonte en F6, descends en G5, remonte en F4, descends en G3, remonte en F2 et rejoins enfin la case G1. Rejoins ensuite ton point de départ.

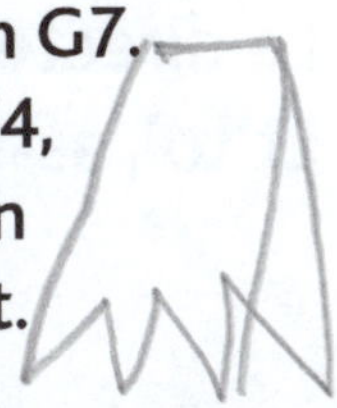

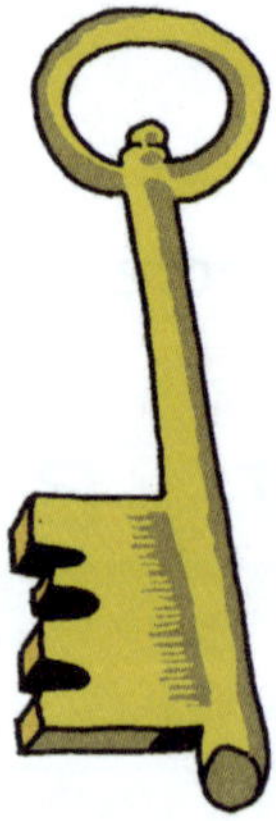

Panique au zoo !

C'est la panique au zoo : la cage des singes a été ouverte sans que personne ne s'en rende compte. C'est l'un des visiteurs qui a donné l'alerte. Heureusement, aucun singe ne s'est enfui !

Le directeur, furieux, réunit ses trois gardiens et leur demande des explications.

« Je ne comprends pas, j'ai juste nourri les perruches ce matin sans même entrer dans leur cage, explique le premier.

– J'ai nettoyé la cage des singes ce matin mais je suis certain d'avoir bien fermé la porte à clé derrière moi, affirme le deuxième.

– C'est mon tour de conduire le petit train, je ne me suis pas approché des animaux », raconte le troisième.

Le directeur ne comprend pas.
Et toi, as-tu une idée du coupable ?

La course

Attention ! La course va commencer et les bolides se préparent.

Colorie en bleu toutes les cases qui ont 1 point, en jaune celles qui ont 2 points, en rouge toutes les cases qui ont 3 points et en marron celles qui ont 4 points.

Rentrée des classes

Dans la classe de mademoiselle Favier, il y a 15 tables à deux places. Cette année, 27 élèves entrent au CE1 dans sa classe.

Combien de tables resteront entièrement libres ?

Suite logique

Quelle heure dois-tu écrire pour que cette suite soit logique.

Chronologiquement

Trouve les bonnes réponses aux questions, puis note les lettres correspondantes dans les cases et tu liras le nom d'un mois d'été.

1. Quel jour commence l'été ?

Z – Le 21 mai.
A – Le 21 juin.
B – Le 21 septembre.

2. Quel est le mois de la rentrée des classes ?

N – Octobre.
O – Septembre.
P – Janvier.

3. Si ton jour de naissance est le 22 octobre, tu es né(e) :

T – Au printemps.
U – En automne.
V – En hiver.

4. Combien de mois dans l'année comptent 31 jours ?

R – 5.
S – 6.
T – 7.

A O U T

Fruitomaths

Trouve la valeur de chaque fruit pour que ces opérations soient justes.

Pour t'aider, un des nombres est déjà décodé.

 = 4  = 2  = 6

 = 3  = 1  = 5

Les souris

Dans la cuisine de tante Amanda, depuis quelques temps, certaines bonnes choses disparaissent... Des morceaux de fromage, des petits gâteaux, des tranches de saucisson... Une chose est sûre, un voleur gourmand se promène ici toutes les nuits pendant que tante Amanda dort !

Ce matin, quand elle entre dans sa cuisine, tante Amanda montre à son neveu que, cette nuit encore, on lui a chapardé des provisions.

« C'est sans doute une souris, dit Thomas. D'ailleurs, regarde, il y a un petit trou, là, en bas du mur. Je suis sûr qu'elle est partie par là avec ce qu'elle a volé.

– Eh bien ! dit tante Amanda, c'est peut-être bien une souris qui se régale dans ma cuisine toutes les nuits, mais je ne crois pas du tout qu'elle soit dans ce trou-là ! »

Examine bien la cuisine d'Amanda et dis si Thomas a raison ou non.

slurp

Touché ! Coulé !

Cette grille représente un port où sont placés six bateaux. Trouve l'emplacement de chaque bateau en t'aidant des chiffres inscrits autour de la grille ; ils t'indiquent combien de cases tu dois colorier sur la ligne ou la colonne correspondante.
Les bateaux ne se touchent jamais, même pas par un coin, et il y a toujours des cases vides entre eux.

Pour commencer : colorie en bleu les cases qui doivent rester vides puis complète le chalutier jaune et commence à placer les paquebots verts.

	4	1	4	0	2	3
4						
1						
3						
2						
2						
2						

1 CANOT
CASE VIDE
2 CHALUTIERS
3 PAQUEBOTS

Voilà le facteur !

Ce matin, le facteur apporte une lettre dans chacune de ces maisons. Complète l'adresse sur les cinq enveloppes et ajoute le numéro qui manque grâce à ces renseignements :

– La maison de Caroline porte le plus petit numéro.
– Le numéro de la maison d'Adrien est trois fois plus grand que celui de la maison de Caroline.
– Marie habite entre Patrice et Philippe.
– Le numéro de la maison de Patrice est deux fois plus petit que celui de la maison de Marie.

Charades

Mon premier est le contraire de rien.
Mon deuxième signifie dans la maison de.
Mon troisième se trouve entre mes épaules et ma tête.
Mon quatrième est ce que boit un bébé.
Mon tout est un jeu que tu trouves dans ce livre.

Mon premier est plus petit qu'un cheval.
Mon deuxième coule du robinet.
Mon troisième est un pays d'Afrique.
Mon tout est un jeu que tu trouves dans ce livre.

page 5

Les oranges

4 oranges = 400 g,
1 orange = 100 g.

Deux-roues

C : 11 h + 3 h = 14 h.

page 6

La fenêtre cassée

Monsieur Guillon vient de reconnaître le ballon sur la photo de Paul affichée sur le mur !

page 8

Le partage

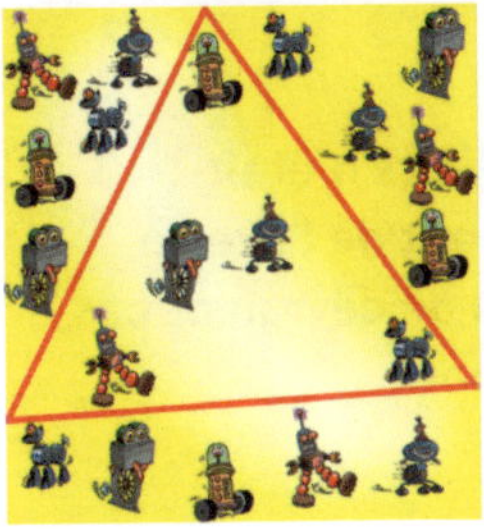

page 9

Bateaux à voiles

A : Jeanne, B : Eugénie,
C : Gaspard et D : Mila.

page 10

Futoshiki

4	3	2	1
3	1	4	2
2	4	1	3
1	2 <	3 <	4

Rébus

Nénuphar (nez – NU – phare).

page 11

Les extraterrestres

La pièce B.

page 12

La grasse matinée

Si ce jeune homme venait de se réveiller, il ne porterait pas un jean et des baskets sous sa robe de chambre et son lit serait défait.

page 14

Fruitomaths

Solutions

page 15
Au parc

page 17
La cloche a sonné

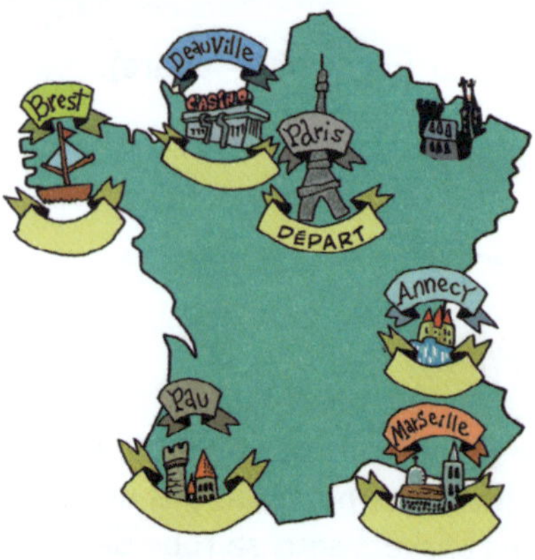

Christian va à Deauville,
Johann à Brest,
Noémie à Pau,
Victor à Marseille
et Chloé à Annecy.

page 18
Les cubes

Le cube D.

page 19
Au stade

page 20
C'est pas moi !

Si aucun des enfants n'était sorti après le début de l'averse, leurs chaussures ne devraient pas être pleines de boue.

page 22
Touché ! Coulé !

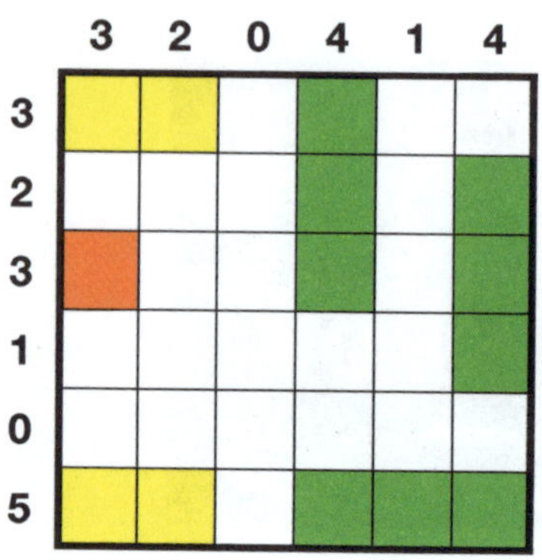

page 23

Les deux trains

Les deux trains roulent,
le premier à 60 km/h
et le second à 40 km/h.

Suite logique

Le triangle tourne dans le sens des aiguilles d'une montre. Le quatrième triangle doit donc avoir son angle droit en bas, à droite.

page 24

Naturellement

OURS

page 25

Chez mamie

page 26

Télé party

Les parents ont trouvé une pantoufle dans leur chambre et ce matin, l'un des garçons prend son petit déjeuner avec une seule pantoufle. Ses parents ont quelques raisons de le suspecter.

page 28

Fruitomaths

page 29

Grand prix

1er : rouge, 2e : jaune,
3e : marron et 4e : bleu.

page 30

Futoshiki

3		4	<	2		1
		v				
1		2		4		3
						v
4		1	<	3		2
2		3		1		4

Rébus

Bracelet (bras – CE – lait).

page 31

À la campagne

La pièce B.

page 32
L'escalier

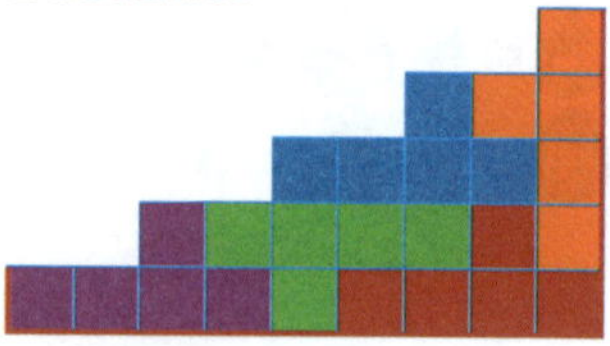

page 33
Zoologie

page 34
Le cambrioleur masqué

L'employé de la bijouterie prétend que ses lunettes sont cassées mais, sur la scène du vol, on ne voit aucune trace de ces lunettes. Le détective en déduit qu'il a menti. De plus, il remarque sur le bureau un billet d'avion qui lui fait penser que le vendeur a sans doute organisé un faux hold-up et a l'intention de s'enfuir avec les bijoux volés.

page 36
Les crayons

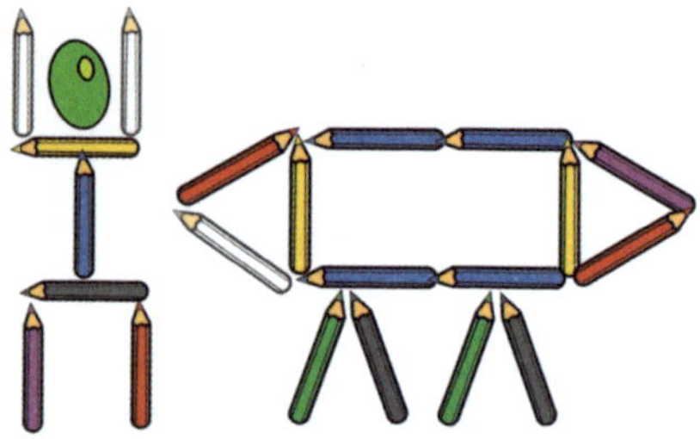

page 37
Chez les pharaons

page 39
Les chats

5 chats = 1 chat + 4 kg
ou 4 chats = 4 kg,
donc 1 chat = 1 kg.

Le goûter

3 boîtes de cakes
= 6 x 3 = 18 gâteaux.

Pour avoir 18 bouteilles d'eau, il faut 18 : 3 = 6 paquets d'eau.

page 40

Au voleur !

Aucun des copains de Théo ne lui a volé son taille-crayon. C'est une pie qui le lui a pris, attirée par le brillant de l'objet. Regarde bien, elle l'a déposé dans son nid.

page 42

Touché ! Coulé !

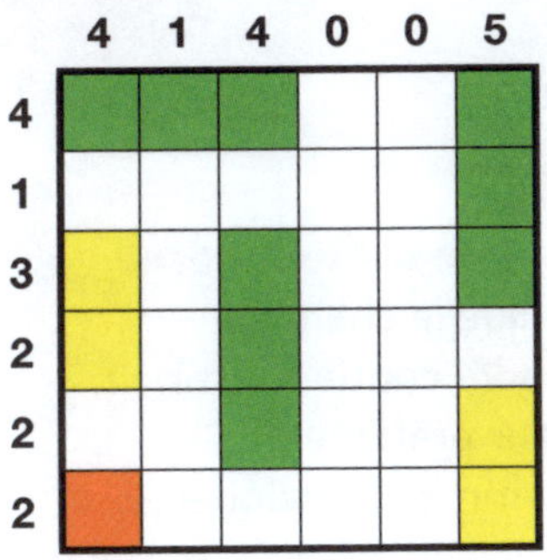

page 43

Concours de patinage

A : Anglais, B : Français, C : Américain et D : Espagnol.

page 44

Charades

Labychoix (la – biche – oie).
Charade (chat – rat – deux).
Dessin caché (dé – cinq – haché).
Qui est qui ? (quille – haie – qui).

page 45

Tour de magie

Le valet de cœur.

Suite logique

Chaque fleur a un pétale rouge et un pétale jaune de plus que sa voisine de gauche. La dernière fleur aura donc 5 pétales jaunes et 5 pétales rouges.

page 46

Géométriquement

ROND

page 47

Le Petit Poucet

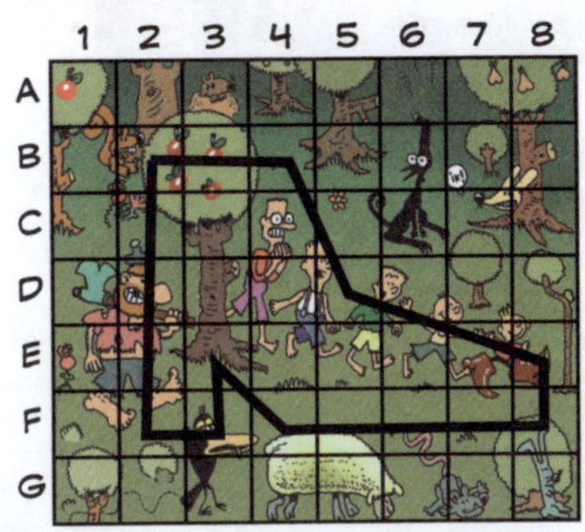

page 48

Le code secret

Il faut en effet « retourner » le problème ou du moins la calculette car, si on regarde le nombre 7130 à l'envers, on peut lire le mot OEIL. Théo doit donc cliquer sur l'icone de l'œil pour accéder au niveau supérieur de son jeu.

page 50

Le grillage

Si chaque carré mesure 2,5 m de côté, le périmètre du potager est de 60 m.

page 51

Décollage immédiat

page 52

Futoshiki

2	4	1	3
4	1	3	2
3	2	4	1
1	3	2	4

Rébus

Patinoire (pas – TI – noir).

page 53

Au parc

La pièce A.

page 54

La chambre d'Alexandre

Tout ce que la chambre d'Alexandre contient est noir, sa couleur préférée.
Alors, comment expliquer la présence du cahier rose sur son lit et du sweat-shirt violet sur la chaise ? Alexandre pense que cela prouve que ses sœurs sont entrées chez lui.

page 56

Les cubes

4 cubes + 1 boule = 1 boule + 1,400 kg ou 4 cubes = 1,400 kg.
Donc 1 cube = 1,400 kg : 4 = 350 g.

Le nombre mystérieux

36 + 36 + 36 + 12 = 120
36 + 36 + 36 + 102 = 210

page 57
La patinoire

page 59
Au marché

De gauche à droite :
Emma avec 7 abricots,
Ana avec 3 poires, Arthur avec 4 ananas, Léa avec 4 oranges et Ève avec 2 pommes.

page 60
Touché ! Coulé !

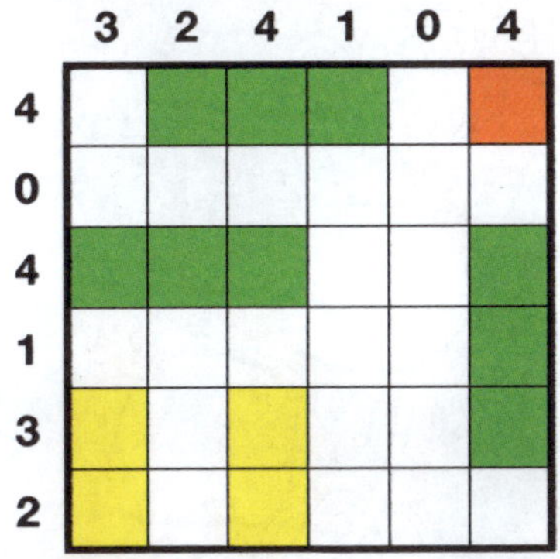

page 61
Le jeu de construction

Chaque brique a une hauteur de 10 cm et une longueur de 20 cm.

page 62
Le jeu de l'espion

Il suffit de bien regarder la photo pour voir qu'un gros dossier rouge a changé de main. Mathis et Matéo peuvent donc accuser l'espionne qui le portait sur la photo et son complice qui l'a maintenant en garde.

page 64
Fruitomaths

page 65
Conte de fées

page 66
Les cadeaux

Mamie va offrir au premier enfant les cadeaux à 2 et 8 euros, au deuxième les cadeaux à 3 et 7 euros et au troisième, les cadeaux à 4 et 6 euros.

Suite logique

Chaque feuille de calendrier détaille le mois qui précède celui de la feuille de gauche. La dernière feuille sera donc celle de janvier.

page 67
Bricolage

page 68
Chasse au trésor

Bras-cassé a bien raison de se méfier. Les poches du capitaine débordent de bijoux qu'il veut sans doute garder pour lui tout seul, sans les partager avec son équipage !

page 70
Professionnellement

VÉLO

page 71
Préhistoire

A : le grand frère,
B : le père, C : Dino junior,
D : la maman et E : le cousin.

page 72

Futoshiki

2	1		3	4
3	2		4	1
	^			
4	3		1	2
				^
1	4	>	2	3

Rébus

Souriceau (S'houx – riz – seau).

page 73

Le dinosaure

La pièce A.

page 74

Les sacs

7 sacs + 1 boîte = 1 boîte + 2,100 kg ou 7 sacs = 2,100 kg.
Donc 1 sac = 2100 g : 7 = 300 g.

Les bonbons

C : 8 bonbons à la menthe et 6 à la fraise.

page 75

Le fantôme

page 76

Panique au zoo !

Le coupable est le singe qui a volé la clé dans la poche du gardien. Regarde, il la tient encore à la main.

page 79

Rentrée des classes

13 tables à deux places accueillent 26 élèves. Le vingt-septième occupera une table tout seul et il restera 15 – 13 – 1 = 1 table entièrement libre.

Suite logique

Chaque horloge a avancé d'une heure et demie par rapport à sa voisine de gauche. L'horloge suivante devra donc indiquer 4 h + 1 h 30 = 5 h 30.

Solutions

page 80

Chronologiquement

AOÛT

page 81

Fruitomaths

page 82

Les souris

Tante Amanda a bien raison. La toile d'araignée qui bouche le trou, en bas du mur, montre qu'aucune souris n'est passée par là depuis longtemps.

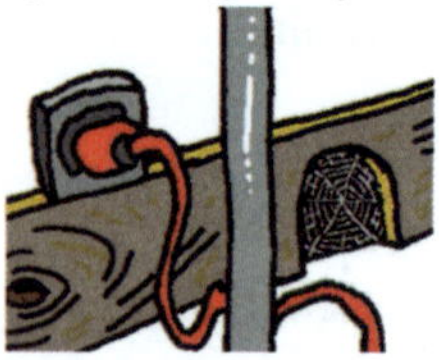

page 84

Touché ! Coulé !

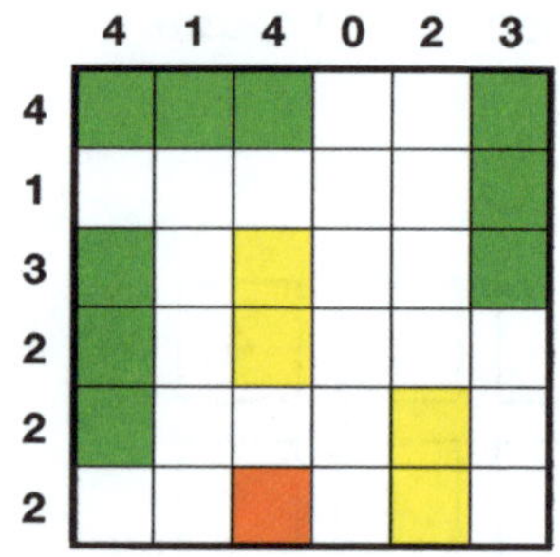

page 85

Voilà le facteur !

Au 2 : Caroline Espéré,
au 4 : Patrice Hého,
au 6 : Adrien Deutrois,
au 8 : Marie Aulait
et au 10 : Philippe Hipoura.

page 86

Charades

Touché ! Coulé !
(tout – chez – cou – lait).
Anomalies (âne – eau – Mali).